ちくま文庫

青卵

東直子

筑摩書房

青卵＊目次

I

Ⅲ

青卵

扉イラスト　原　裕菜

I

海の椅子

椅子の背のもように風がしみてゆく海をうつせばつめたきまぶた

こすれあうものみな白し谷の抱く海にしずかに足さしいれる

あなうらに海の内臓たしかめる意志あるごとき月にてらされ

もういくの、もういくのってきいている縮んだ海に椅子をうかべて

波音がわたしの口にあふれ出す鳥が切り裂く空に会いたい

ママンあれはぼくの鳥だねママンママンぼくの落とした砂じゃないよね

洋梨にナイフを刺せば抱擁の名残りのように芯あたたかし

煙立つ終点の駅我がドアを砂にまみれしゆびで開きぬ

嗽(うがい)薬

夕ぐれに眠るくせある母の棲む地名の深き祈りを思う

千里逢う坂多磨の坂少しずつ血をしたたらせつつのぼりつめ

肉親が集いて青い魚を食む　ひからびてゆく百合を背にして

まだ眠りたかったような顔をしてじゃあもう帰る、かえるねと云う

夢の中で幾度も死んだひとがいて嗽薬を口に含みぬ

辻に立つ祖母がふわりとふりかえりお家がとけてゆくのよと言う

開いてもひらいてもある扉からきこえてくるのパパのオカリナ

くちぶえは背中にぬけてぼくたちにもうふらふらと夏がきたんだ

夕映えのさしこむ厨ほたほたと母はトマトの汁をこぼしぬ

つがいのナイフ

手紙たくさん書くさびしさを愛と呼ぶつがいのナイフ水に沈めて

つぶしたらきゅっとないたあたりから世界は縦に流れはじめる

凍りつく光はふかく水に落ち肺しぼむまであなたを呼びぬ

濡れたまま重ね合う胸あおい花のどにこぼれるまでを愛した

こすりあいぬくもりうつす冬の駅に遠い血縁どうしだったね

蚊柱のようにホームのむこうでは悲しいうわさうかんでおりぬ

こぼれたものは色がなかった　１９７７年5月9日

長距離バスの毛布のなかで重ねあった手がいま白く膝に置かれる

ロウソクを畑に立てて燃えつきるまではるかなるママの旅

燃えるみずうみ

ひまわりの擬態を一晩したままであなたをここに待っていました

生きている指を重ねて感じあう地の底をゆく電車一輌

好きだった世界をみんな連れてゆくあなたのカヌー燃えるみずうみ

パイプオルガンのような光のさす部屋にここはどこかとあなたは言った

シスターよ　あなたの中にあかあかと淋しく燃えるサイレンがある

虹になんて謝らないわ黒土に汚れた素足こすりあわせて

カルデラ湖に熱き水涌く真夜中のこころはとてつもなく奪われる

空よそらよわたしはじまる沸点に達するまでの淡い逡巡

ふたりして床に眠れば絵日記の太陽ひとつさびしく燃える

手の甲の火傷のガアゼ剝がすとき森を羽ばたく鳥を想いぬ

メルクマール

機関車のためいき浴びてわたしたちのやさしいくるおしい会話体

十二歳のこころざしふいに柔らかし緑雨に濡れて今日を抱き合う

抜け出して見た青空を忘れない魚の名残りのつめのあかるさ

昼下がりの乳牛のごとやるせない校舎に遠い声すわれゆく

モノクロの子規の横顔しみじみと死者の頭骨のうつくしさかな

卵サンドやさしく噛みちぎりつつ「わたしたち」ではいられなくなる

唐辛子道に明るく乾きおり未来がみえぬ五歳児のごと

冬の陽の寝床のようなススキの穂　丘に無数の指がささやく

あかさたな、ほもよろを、と紅葉散りわたしの靴を明るく濡らす

「久しぶり」と言うときはみなまぶしそう終わったことをぽつりと語る

もうもうと枝を広げる森の木は抱きあうものをついに持たない

水滴が小さな魚に見えてくる雨の匂いにしずまる真昼

はめ殺しの小さな窓によりかかり遠い向日葵胸に咲かせた

緋色から緋色ににじむ光あり〈もうでてきてもよろしいですよ〉

夏のロビンソン

ハラショーの意味も分からず児が笑う雫している簡易ベッドに

精神のなき庭に咲く向日葵を見上げる　何もかもいらないの

思ったよりも傷が深くて草笛を吹きつつしたたるものはぬぐわず

ホッチキスで止めた傷口まもりつつ今年の夏の忙しいこと

怒りつつ洗うお茶わんことごとく割れてさびしい　ごめんさびしい

質問に答えてくれるおだやかさ　あなたの娘であればよかった

あのときはやさしかったたし吹く風になにか千切ってやまないこころ

アナ・タガ・スキ・ダ　アナ・タガ・スキ・ダ　ムネ・サケ・ル　夏のロビンソン

きのうのためのエスキス

マーマーと呼ばれ裸足で土を踏み美しい石見てきましたよ

エスキスのため花紙に包みこむ髪をひとふさ爪をひとかけ

パピーパピー仔犬のパピー無表情ぎりぎりの眼で愛を告げおり

キーウィの種じっくりとすりつぶす乳歯まじりのわたしの臼歯

砂消しゴムで削ったあとに書いた文字にじんだままの日直日誌

みんな勝手なことばかり言うでしょうって人工の歯の美（は）しき口もと

ふくいくとした学童がわたくしの部屋にねそべるようなのどかさ

樹液ふる森のあかるさ百億の空を葬るように泣きたい

粕漬けの鱈つややかに想起せり源（みなもと）しずかさんの食卓

夜の海の客船を観にゆきましょうってゆってましたよ、　はるかなはるに

たれもかれも眉が淡くて下がってて♪ Papa ne t'en va pas t'en va pas（パパいかないで、いかないでパパ）

電話口でおっ、て言って前みたいにおっ、て言って言って言ってよ

「みかんみかんとよんでたらじぶんがみかんになっちゃった」「み」

姉ちゃんが還ってきたよ生きとったあ？　カルタ遊びの最後の札に

ブラジルはほんとに遠い国やけど、うん、そうやねん、や、まあ、そうやねん

ひとりひとりの椅子の背中に銀色の防災頭巾ひそませて　夏

水枕

二人乗りのスクーターで買いにゆく卵・牛乳・封筒・ドレス

淡水パールはずした胸をしんみりと真水にさらす　月はきれいね

ぐにゃぐにゃのガードレールによりかかりちいさく歌う薄きくちびる

メリーにきいて下さいというメリー氏のドアに初雪　夢のしんじつ

冬眠の熊の甘きあなうらを想うわたしたちのさびしさ

卓上に花嫁座りそのゆびがうつろに触れる小さなボタン

ゆびさきの温みを添えて渡す鍵そのぎざぎざのひとつひとつに

手相みてあげるから手を出しなさい　暴走列車ゆきすぎる川

あれは鳥？　あれは布です北風に白いボタンをきつくとどめて

湯の中に重ねた指がふわふわと生きていました　空がつめたい

芯白き頭（ず）をやわらかくよせてくるわたしゆられる水をゆられる

北国に目を覚ましたら器ごとあなたに渡す花と悲しみ

ねころんで語るふたりのてのひらの冬の器につもるやくそく

生命のゆびさき集い水面のようなピアノをたたいておりぬ

水枕鳥の産卵風車小屋花野武蔵野無人改札

花束の花が次々枯れてゆく抱き合ったまま朝をゆられて

ひとやまの塩

入り口にひとやまの塩光らせて母は無風の真昼を開く

腸(はらわた)を出されし魚の並べられ遠い国より届くファックス

あまいねと幼い人の声がする壜につめこむ鮎のはらわた

イニシャルのマカロニ並べ長き夜に足をたらして未来を待ちぬ

線描画のように微笑む少女いてつま先立ちのさよならをする

影深き写真に眠る老人の組まれし指のかたさを思う

一折のくず餅下げて会いにゆく　そうですねえと答えるために

春風の激しさに驚いている蛇がわたしを泳ぎはじめる

湯気たてているほうじ茶がきれいだね無口な息子窓辺に笑う

会いに来て会えなかったね西国の霊園に降る春のぬかあめ

あれは虹でしたか薬屋の奥の庭にこどものあなたいました

ベランダにチューリップそよそよと咲きマリアの胸の幼さおもう

ナイル川のみどりの鰐のうつくしき鞄の底のメモのくしゃくしゃ

首夏少女まみどりの野にそめられて千夜めざめたままの目をする

すこしずつ手首足首ずれてゆき空にしぼんでゆく王子さま

ぼくたちは時間を降りているのかな膝をふわふわ笑わせながら

〈もういいかい〉の先の言葉を待っている尾をからませてしずかなとかげ

強い夢

果実に蜜の濃くなるときを煙たつ庭に置かれたように待ちおり

縄燃えて希(ねが)いが遠い空色にまぎれてしまう　ねむらなくては

阿鼻叫喚の銀幕はてて街をゆくバタークリームケーキのような

笹舟に乗ってあの世にゆきたいとあれはどなたのことばでしたか

旅人は白いスープを胃に溜めて天動説の世界にねむる

部屋中にあまたの穴があることは気にせぬように告げる放送

強い夢見続けている春の午後　子供が砂場濡らしておりぬ

黄色い土に影を重ねて最初からやりなおすから声を下さい

粉雪が頭（ず）に降る春の鉛筆のおしりを削り名前をいれた

弱ってるの弱ってきてるの　あたたかい空気はみだす手足のしろさ

いいからここにおすわりなさい胸にある言葉は夢の薬莢だから

夕立に帽子を濡らし帰りつくこどもは魚の匂いに充ちて

腕を植える

砂糖水煮詰めて想う生まれた日しずかにしずかに風が吹いてた

蒼いマフラー小さく胸におしこんで go went gone good good girl

本八幡ゆきその紅き椅子に座すつめたい温泉卵のように

所在なき訪問客と海を見るもろもろペンキはがれる手すり

春の日の集合写真うすく口開けたこどもと口つぐむ母

生き抜いた子供のことばゆっくりと土にしみこむ「おいでふゆぼうし」

線路残る夜の道路を超えてゆく背中にウサギミミをたらして

地下室にとろりと水の流れゆく夜は素直に眠る階段

今そばに居るひとが好き水が産む水のようだわわたしたちって

やすらかにずぶぬれている永遠にまわりこまれて手を上げました

鶴女房の呼吸のはやさ夏空にシーツは香りながら乾きぬ

伽藍堂ひそませ歩むひとびとの行方にあかいゆうひみえます

あなうらにやわらかき砂広がれば悲しみの卵ひとつおとしぬ

ときにあなた、砂とは美しいものね　さくりさくりと沈んでゆきぬ

腕を植えて生き直せれば永遠の植物としてあなたを愛す

誤植の名無数に複製されてゆく愛がとけだすようなあかるさ

検査技師滴らせたる体液があまくひろがる　祈りのように

抱擁をください　颪を送りだす装置が遠い夏野にまわる

人形の笑窪

指で穴あけてゆく土　物語封じ込めたる胸のごとくに

完全なあなたでしたと薬品の並ぶ廊下に抱きとめられる

蜂の巣の密度を思う切り取られ刻まれてゆくモノクロの顔

靴下はさびしいかたち片方がなくなりそうなさびしいかたち

声深くねむる湖ひたひたと細胞の顔あおくあふれて

運ばれることの無心に揺れている花と滴とあなたの鎖骨

人形は笑窪に水を溜めたまま空を許して踊り続ける

星の裂け目

水田に緋鯉は甘く泳ぎ去りわたしは淡くとりのこされる

夏告げる雨がはるかな伝言を魚のつがいに鳥のつがいに

夕立に塗りこめられて三枚の壁が吸いつくように眠たい

重ねればやわらかい指ぼくたちは時代錯誤の愛を着ている

飴色の影をゆらしてあなたとの最初の儀式終えるゆうぐれ

零（ゼロ）という認識のある生命よ傘に体温あつめ歩みぬ

僧侶指を重ねて祈るその母が深く許した森を思えば

痛くても動かないでね金属の縁（ふち）のしずくの芯の夏空

緑赤、赤赤緑、見えません　砂にめりこむ砂の足跡

雨の真夜(まよ)湯にさし入れて洗う足　星の裂け目の深き水音

閉め忘れた箱から逃げた蝶々のひとつが姉の鎖骨を飾る

水の迷路

身のうちの水の迷路が震えだす八ミリフィルムに再生されて

小刻みに急ぐ父母(ちちはは)夏の夜のシーツに小さな点となりゆく

瞳の透るほど薄い生告げていた茄子のつけもの好きの父親

鳩は首から海こぼしつつ歩みゆくみんな忘れてしまう眼をして

とりもどすことのできない風船をああ遠いねえと最後まで見た

ただ生きているだけでいい？こんなにも空があおくて水がしずかで

クレイジーキルトのように空を斬る茜は終（つい）の華やぎのなか

わたしの島といくつかの種

無人島立ち去るときにひっそりとさくらんぼうの種を埋めたの

ひざたててさくらんぼうを食べるのよわたしの島がけむたい朝は

ぼくらはとても存在だよね指先の焦げた手袋はめてはにかむ

数式のほどけるように雪が降るこんなさびしいうれしい島に

わたしの島にさくらんぼうの種を埋めいつかは好きになるわあなたを

探偵家きどりでいたっていうのにね　わたしの島といくつかの種

さようなら、窓

秋の陽に先生のはげやさしくて楽譜にト音記号を入れる

楽譜からト音記号がほどけそう初めて触れた先生の指

解凍されたお肉みたいにおとなしいあなたをあなたのいい人と見る

こうもりがどんどん飛んでいる空を鼻血が出ないように見上げる

さようなら窓さようならポチ買い物にゆけてたのしかったことなど

焼きますか?とやさしく問われ頷いたような気もする秋の日曜

運命線のない手のひら

運命線のない手のひらに落葉をこんもりと乗せ「あなたがきらい」

頑丈に握った指をゆっくりと開かせてゆく　お別れですもの

つまさきがつめたい耳もつめたい〈きこえてるう〉の声だけ近い

わたしは後悔しない　エナメルのブーツで根雪踏んで踏んで踏んで

木枯の生まれた海にゆくまでは文字はやさしい鍵だったのに

冬の小鳥のための林檎とオレンジが冬木にさされ乾いておりぬ

優しき人はあの屋根の下オレンジの斑模様のあの屋根の下

あの人の家に蛍光燈ともりわたしは黒い手袋たたく

こころはじゆう　冬が終わるということをはてしないほど考えてみる

霙ふりはじめてボタンを青くするもうさよならもいえないくらい

うすやみに檸檬の皮を剝きながら母は記憶をあたらしくする

ミシンカタカタ

かさついたゆびさきにくちづけながら胸に開いた道をゆきたい

誓います、のことばは遠くしまわれて波たつ冬の海をみつめる

とうに答はミシンカタカタほのあかく見えているけどミシンカタカタ

小さい白い犬を抱いて分かり合うことのなかった時間をもやす

どこへゆくのかもう訊かないね　よく晴れた冬の朝ならなおさらのこと

寒い朝に清潔な音たてながらすれ違うものすべてが遠い

ともだちにかぶを届けるお話とストーブの音(ね)をたいせつに聴く

京子さんの丈夫な身体あたたかくここは静かな小鳥の住処

ふゆのゆめ　なにがしたいか言えなくて羽音の中にあなたがとける

鈴の音をしんと吸い込む鏡あり友人というあいまいな愛

桃の花も嬰児の指も憎しみも小雨の中に開きはじめる

「ハ・ル」という唇のまま時を止めふたりは赤きぼんぼりのなか

言葉なんて知らなくていい闇のなか海を漂う春を漂う

桃が咲く　さみしさなんていっときの読書のような井戸のほとりに

花を運ぶ

花を運ぶトラックがゆく関ヶ原あたりゲリラ雪にまみれて

三方原（みかたはら）まで三キロの空の下よく見えそうよこのくにのこと

茶畑に回り続ける羽根ありぬ富士に今年の雪はふりつむ

袋井(ふくろい)の細くて錆びた橋わたる西陽のいたくまぶしい方へ

朽ちかけし柵のむこうに花あかり見えてあなたと生きてゆきたい

金管楽器

裏庭に金管楽器さびてゆく海はひかりを招きつづける

冬の朝ピアノの蓋はひらかれるアンモナイトの海をうつして

点線にそって切り取る洋服を閉じぬ瞳で待つ少女たち

種浸す玻璃の器がテーブルにかたかたゆれる　笑っているの？

ふわふわの耳を重ねてねむる猫〈空室アリ〉の輝く街に

「国民のみなさま夢で逢いましょう」太きネクタイしずかに光る

とりどりの手袋下がる店先に還りそこねた鳥を思った

夜の街のひかりにそまりながらゆく素朴に笑う縫いぐるみたち

朝あわく発熱をする少女いてまいまいつぶり生まれたと言う

あのやわらかい草の上では

春の水はじめて含む花の咲く野辺にいました朝を見ました

草の花あつめたようなハモニカの音色に眠る地の昼休み

ふたりしてひかりのように泣きました　あのやわらかい草の上では

「安心、安心、だいじょぶ」と陸に沁みゆく声をもつひと

ひざがしら、ひざのうらがわ、マッサージしてるんだから笑っちゃだめよ

笑いすぎて泣いていたはず一本の紐を通した袋を握り

臆病なだけなんだよね本気ではないことばだけ生き生きとして

つきゆびの指に厚紙あてながら必要？って訊かれて黙る

青白いボールがひとつ少女らの指紋をあつめたままの静止

汗に濡れて目覚めた朝は飛行機が青い花束おとしていった

空腹がたのしい真昼撚糸(よりいと)のようにそのままねむってしまう

内陸の長い眠りをねむるとき金の額（ひたい）に花は触れあう

風景は記憶に還り死者たちは待ち針として地に眠りおり

Ⅱ

雨が降りさうで

ちり紙にくるんだお金てのひらにぬくめて帰るふゆのゆふやみ

なつかしい歌がめぐつてゐる身体(からだ)春がきさうな、きさうな背伸び

長き陽につまさき四つぬくめつつ薄目してみる世界にゐたい

秋天のむかうの春にゐる姉の指のきつねが無言で笑ふ

紅の自転車が来る蒙古斑深く沈めた体を乗せて

九官鳥ときをりかつと鳴くだけの秋の真昼に招かれてゐる

昭和六年生まれの人と坂道を黙りこくつて散歩しました

日溜まりのやうなまちがひ頬のきず発泡させてゐるオキシフル

雨が降りさうでねとても降りさうであたしぼんやりしやがんでゐたの

暴暴茶

冬の陽の手をひくやうに消えてゆき外した眼鏡さがす毎日

問ふことも問はれることもないままに観光バスにことことゆれる

帰らうねもう帰らうね海に降る雨を見ながらずつと見ながら

らふけつ染めの布に包まれそよそよと運ばれてゐる人の雛形

鼻をすする音のしてゐるトイレット紅い扉にいくつもの臍

暴暴茶飲めばあかるい雨上がりとくとく痛いこめかみを打て

汗かきの子供の指を開いたり閉ぢたり白い白い建物

理科室やまじまじと見る一匹の命のにほひ蒸されてをりぬ

みんな叱られて淡い夢を見た黒く濡れたままの厨房

国見山

山百合が鞄の中にあるやうな気持ちに螺旋階段のぼる

だよねつて頷いてゐるさつまいもの味のコーヒー口に含んで

へその緒を姉と妹で比べあふ冬の雨降る午後の寝室

おしりからピースを埋めてゆきました　ららら冬の日らららゆふやけ

ひざたてて目を閉ぢてゐる少女ありソラソラソソソスグオハリマス

国見山ゆめの桟橋こふのとり無政府主義者はじめての恋

断続的に、雨。　髪うすき男のためのみどりの帽子

めんどりちどり

ゆふぐれのめんどりちどり兄さんの月にゆきたい気持ちをつつく

からんころきくらげくらげ月のものバスはいつもの田辺ゆき

映画によせて

『地球は女で回ってる』

げんじつが僕はとても欲しかった一文字ごとに愛が遠いよ

さびしさが来ないようにと願いつつ娼婦は白いささやきを飲む

うつむいて黙っていても恋人のこころがわりは硫黄の匂い

『あ、春』

また眠れなくてあなたを噛みました　かたいやさしいあおい夜です

いいのいいのあなたはここにいていいの　ひよこ生まれるひだまりだもの

『富江』

浴槽に浮かんだ写真ほほえみは遠い伝言ゲームのように

「忘れたら淋しいじゃない」結末を持たぬ少女らつめたく光る

『夢』

顔に塗る絵具を闇に光らせて立ちすくむのは戦死者の夢
ささやきがしずかな歌にかわるとき墓にそなえる花のごとしも

『サイダーハウス・ルール』

一本道の根雪をすすむママの靴　薔薇の刺繡を胸にのこして

新しい家に林檎はうつくしく実っているわ額(ひたい)のように

へ　び（二〇〇一年新年歌会）

腸弱き青年を抱く白きへび時間が水にとけゆくような

水面の眠そうな顔ゆらゆらゆらともうこの世では会えないのです

舐められてうつろな茄子として眠るあなたの胎児うごくあさあけ

水くぐる道

（門司と下関を結ぶ壇ノ浦の海底トンネルを歩く）

海底に涼しき道は貫かれ安徳帝の足裏（あなうら）おもう

（十年閉鎖されたままの工場が雨を受けていた）

芯あかき鉄はしずかにひえおらん陸の小指のふれあう街に

内海

（丸亀だから亀を詠みましょう、と永田氏は言った）

きよらかな未来のために亀の子は亀の姿で海をめざした

（海は、微笑のように眠っている）

一族の夢のさかりはゆうぐれのこのうえもなくしずかな海に

Ⅲ

きつねのこころ

ががんぼを追いかけていて紛れこむ家にわたしの小鳥がいたわ

クリームをぬった指からいちじくの匂いあふれるママとお昼寝

子供だから許されていた夏がある　茶粥をすする大叔母の家

婆婆（ばあばあ）が恐い顔して裏口に立ってて全部捨てろというの

ぬるき闇つつむ水屋にいないいないばあしたことのある手袋がある

呪文のように名前を綴りひりひりと整えてゆくきつねのこころ

さみしく皺のよるあしうらを夕焼けがあたためている　もう待たないよ

みんないんでしまいよったと言いながら浅瀬にあわくぬれている祖母

だんごむしをバケツいっぱい集めたら誰にあげよう爺もおらんし

義理の兄と義理の弟義理の父みんなそろって痩せているなり

喧嘩喧嘩セックス喧嘩それだけど好きだったんだこのボロい椅子

わたしの鈴

絮(わた)の飛ぶ野にさまよっているような　ひとを忘れて目覚めた朝は

布に包まれしひとびと眠る春　壜よりあふれだす稚魚ありぬ

西日さすわたしの庭に水あふれかたちなきものたちの微笑(ほほえみ)

ぎこちない抱擁がありぎこちない悲しみがある　あさのつめたさ

追悼歌ながれて淡い水のいろ驢馬のかたちの椅子ゆれやまぬ

萌える野にさみしい父と母がいて重ね合わせるうすいハンカチ

洋服を燃やせば淡い煙たちかさかさと皮膚重ねあう音

ひとびとの靴はそろえてありました剥製のツル待つ玄関に

海に魚ねむりて遠い声をきく〈わたしの鈴を探してください〉

夜の額（ひたい）

認識と誤解に飽きて少女らが夜の額にてのひらを置く

夏の川に魚を追いかけ合いながら流されそうな未完の体

雷がこわくてそらがみえないの指のあいだがとけそうだから

掻きこわす皮膚よりあおい汁垂れてこどもよごらんあたらしい絵を

どうきゅうせいがひとりでお茶をのんでいた被爆したあなたかもしれない

打ち上げられたくじらのように横たわり〈つめ、つめ、つめを、つめを洗って〉

自分を愛する夜昼朝わた詰めて縫いとじてゆく少女の裸体

何もわかっていない男と水を飲む蒼くふるえるこの星の皮膚

猫の家

革靴のリボンのほこり払いましょ（ひつようなのよこの世はとくに）

途中まで一緒に帰る「海の日」というのほほんな記念日の夜

氷菓子　祝福されるさみしさを青き小鬼に託しておりぬ

白さぎが小鳥の夢を見るようなかすかな科(とが)を覚え初めにき

豆乳の被膜を掬うぬりばしが少し震えてひどくしずかで

しろいぞうさんあおいぞうさん鏡文字まじりの日記よごしてしまう

何もいいたくない夕暮れの古本屋ばかりの街に国旗ふうらん

ああもう、どっちでもいいって思ってた黒いスウェットむぞうさに着て

ワンカップ大関黒い虫浮かせ地蔵のよだれかけ新しい

ハンガーにかけっぱなしの夏の服とても自分がすきなひとたち

折鶴のかたちを残し火は消える　たったひとりをたったひとりに

命がけで猫のおうちをつくるのがしおりちゃんとの明日のやくそく

赤い靴の丸いつまさき海を向く深くにごりてブイの浮く海

今日も忘れ物をたくさんしてきたと泣きぼくろ輝くみどりの日

布石

布石置かれしままの碁盤にゆうぐれやあさやけやまたまひるのひかり

頭痛薬のみこむようにうなずきぬパパたちだけの中に座って

鮫ばかりいる水槽を覗いてた（シラナイオウチハドコデモトオイ）

ゆかた地を布目にそって切り裂けばしにたいわあって声がしてくる

すーすーするタブレット分け合って夏だねえって言えてうれしい

虫を食む草をふたりで語り合うその毛の色やねばりについて

蟬みたいに悲しいにおいの軟膏をくびすじにぬる八月六日

ああ底が抜けてしまった紙ぶくろ　ああ、ああ、ああとおへそは無力

ときどきは遊びにおいで個人的悲しみバニラアイスクリーム

ときどきはもうないのですないのです生物物理金子先生

すすきすすきホモソーセージ八百屋にもあるとあなたは言いにけらしも

昼の月より届きし香りかもしれずほのあたたかき枕を抱きぬ

白い傷に覆われている十五夜の月に敬礼　ささらほうさら

ベツレヘムの星という名のキルトからほころんでいる綿毛に触れる

うみはこちら

わたくしがほんとうに欲しかったのは　喉に背表紙のせて睡(ねむ)れり

暑かったので………。いいだこの複雑さなど眺めてしまう

夏の家にベル鳴り響きそして止む壜に浮かんだ繭ほの暗し

月曜のアゲハのさなぎ静かなり　水やり当番いまだ帰らず

腹太き雌きりぎりす夏の夜のらんたんふふん、と嗅いでいたりき

昼寝にはさとうさたろう宵寝にはにしだきたろうハムの匂いのフリスビー　飛ぶ

しつけ糸ほどけるように向日葵が遠いひかりにひらかれてゆく

つながりて飛ぶ蜻蛉が泳ぐ子の背中にはつか影を落としぬ

やわらかい腕さしのばす朝の海　帽子を脱いで父が笑った

まれにみる夢のこどもを抱き上げて回転木馬はわはわ回る

うんていの最後に黒き腕のばす向こうにあわく巣があるような

むずがゆいかさぶたのごとなつかしい人と見つめる蛸の酢の物

百年の姉妹のごとく石段を上りて吉のおみくじを引く

「うみはこちら」と看板をたて半島に盲導犬の骨を納める

夭折の詩人の日記さらされる犀の背骨に鳥ねむるとき

流木が砂にまみれて燃えている　矢じりを拾う父のはるけさ

パラレル

1996年うす紅きすももをふたつ窓に飾りぬ

歩くならひとりがいいの青空に生まれた象のこどものように

電球に羽虫の触れている夜に豆粒みたいに起きていました

ごまめ歯ぎしり煮豆納豆とのぐもりみんなせつない荷造りをする

びんせんとふうとう買ってめらめらと白いあすこのむこうの方へ

金色の武蔵坊弁慶をああ待っていた私待ってた

生まれそうな朝に紅茶を淹れていたワタシミジカイカミヲシテイタ

夏の銀座の細長い鞄屋の奥からやや年老いて父が出てくる

夏の銀座の古い小さい名画座からやや年老いて伯母が出てくる

ももいろの番人がいる人形の家に置かれた洗面用具

たそがれのややさわがしいアパートにあたしシズかに焦げついていた

桜庭

穂、ささやかな風のために深く深くゆくえ知らずのうさぎを探す

水道管凍った夜は幻の家族をひとつ真中におく

冬陽入る家具屋の家具はうつくしきあまたの指紋燃やしておりぬ

寒いから帰ってきちゃった真緑のボタンをひとつ喉に灯して

どこかで笑うおまえのために揺れている生暖かい方位磁石が

細き眉がまたいつか、と告げていた　紫蘇の群生夢を侵せり

遠い国の切手の中で老人は象の匂いの温室にいる

蝶の産卵するしずけさに出血の止まらぬような空を思った

すぐ戻ってくるからねってさくらの実ぽつぽつ赤い庭で待っててって

芽キャベツはつやめきながら湯にうかぶ〈生まれる前のことを話して〉

小鳥の巣

幸福のおとりみたいねはたはたと黄色いちょうちょ秋のあおぞら

父さんがまた苦しみという鯖をしやらしやらと釣り下げて来る

ズック靴はいて月夜をゆきましょう　つららがのびるような指先

闇だねと言ってウサギ屋玩具店でのできごとを話しはじめる

標本のような白さでごめんねと言われておりぬ冬の晴天

散蓮華会えない人も会う人もこころのような粥を掬いぬ

もし今のままでよいなら目を開けて　しんじつ白い雪ふりつもる

終点まで眠り続ける一対の膝下（ひざした）にあるやわらかい闇

祖国なき人のろうそく灯されて世紀末的襖がひらく

小鳥の巣高く吊せばピアニカが奏でるさようならの音楽

遠い煙

帽子屋に帽子のつばは水平に春のはじめのふりそうな空

途中まで本気だったよ道ばたに亀の甲羅をつつき合いつつ

半開きのシャッターの下ねむる犬その尾の先の靴の散乱

「ビスケット食べて下さい」よびとめてよびとめられて春の花々

よもぎは白い葉裏をみせて水に浮く　のんのんさまのにおいのお部屋

〝いつか〟とはいつのことです浜木綿とトンボと人と吹かれておりぬ

靴紐にしずかに触れる舌先は移動動物園のヤギたち

わらう鳥わらう神様わらう雲チャックゆるくてふきだす涙

受話器から小さな泡のような声セミ飛ブ森イテドコカラモ好キ

ねむるまで預けておいた手袋をあなたは嵌めて夜にまたたく

エレベーターガールの付け睫毛から雪でも降ってきそう　高さよ

終電車にみっしりと人押し黙る　金魚はその身反らして死んだ

水にとけるために過ごした歳月の金魚のための小さな手紙

好きよ好きよみんな好きよと歌いつつ遠い煙が白かったこと

掃除したての部屋は四角い　まざまざと低い光に照らし出されて

レモン石鹸

もうここにおられんようになりました妻うらがえりうらがえり消ゆ

新年が地上に降りる　ひたむきなオレンジ色のぺんぎんの胸

冬の花火海に広がりむかしむかし沈んだ鳥の白さが見えた

国境が抱きあうような心地して楽隊は胸奏でて過ぎぬ

足の爪のびすぎている　さびしくはないんだ少し眠かっただけ

踏んでいるあなたの体のゼリー質しずかな夜に妊りたかった

削られてゆく建物の中に棲み甘い紅茶を同時に飲んだ

ことばとぎれたままの湿り気　隣人も非隣人も星に囲まれ

骨多き魚に嗚咽し民族の歴史書に酸き涙を流す

今もそう今もそうなの親指のつけねにたくさん力がたまる

うつぶせになって思い出せそうな繊い糸とくようなうたたね

永遠に忘れてしまう一日にレモン石鹸泡立てている

真夜中にきらきら座る少女たち箱詰めされる球体として

数字から数字が生まれしんみつな灯芯としてひんやり燃える

ハルノシモン

淡雪をあるけば臍（ほぞ）があたらしい　空と抱きあう力士に出会う

星を消す役目を終えて春近き街は標本箱のしずけさ

友人の頭髪そよぐうす青い春の雨からうまれたような

しにそうになってもいいの川をゆく川をゆきたいあたし大丈夫

だんだんになくなるこころキューピーは臍(ほぞ)をさらして空をみていた

いちにちはこんなに深いはらはらと蝶がひかりを繕っている

きゅうきゅうと鳴くものたちを想いだせばさわり地蔵の肌のつめたさ

蛇の骨に小鳥の骨がつつまれたまま少しずつ愛されている

雲を見て飲むあついお茶　わたしたちなんにも持たずここに来ちゃった

すれ違うガラス越しにさよならを開くてのひらひらめくひかり

病院の忘れ物の箱の中あなたの白いうつろな指紋

神様の選びし少女ほのぼのと春のひかりに鞦韆（しゅうせん）ゆらす

遠くから来る自転車をさがしてた　春の陽、瞳、まぶしい、どなた

腹話術の人形ふいにはずされたようなあなたの笑顔のために

ぼくたちは黙って水を見つめてた　さよなら月をめざした鼠

うみがめ

みんなよくわからないまま歩きだす胸がつまって苦しい国を

透明なビニール傘をさしゆけばわれら星座のようにきまじめ

玄米茶は法律事務所の香りして泣きたき胸をふくらませおり

日本人姉妹三人鉄火巻鰻巻紫蘇巻無風の笑顔

くるぶしに神様の棲む少年は落雷のごと水面をめざす

木の花に集うみつばち見上げつつ「ずいぶんながく眠っていたよ」

わたしの顔をずっと見ていて夏空に拍手の準備して待っていて

立入禁止区域に雨が滞る　わたしたちのことみんなしらない

蜜月を遠く奏でるさざ波のゆびさきとなり裏返る石

緑野に時計は二つ重ねられ雨の最初のひとつぶはじく

うみがめ、とつぶやいている月曜は弱い力であなたがみえる

記憶から消えてしまったものたちがそろりそろりと湯につかりゆく

船はまだですか

夜を焚く時間に出会いひざまずく嘔吐ののちのしずけさとして

営みのさびしい丘にあなたとの涼しい夢のつづきをつむぐ

あつくなりましたねえと声かけて咽喉の奥から透けてゆくひと

果実ひとつ分け合う家族　夜の窓に海をみつめる鳥がいました

くしゃくしゃのシャツの男と夏の月見上げておりぬ　船はまだですか

ビル風に飛ばされそうなマネキンが「どうぞ」と光さしだしている

歌声のような夕立浴びながら道筋のないこころを泣きぬ

惑星に棺を降ろす一対のことばが深き地層となるまで

針先に触れて奏でる音階よとかげはゆるやかに皮を剝ぐ

水を飲むあなたの咽喉が動くのを見ていた朝が焼けついていた

濡れている道をたどれば獣園のバケツに魚の無言の光

正確な時計を嵌めた人のむれ薔薇を食う虫園にあふれて

その細い煙がのぼりゆくさきを魚のつがいのように見上げる

夏　草

夏草をかき分けゆかな鳥の鳴く声をつめたく耳に納めて

今日は雨降るのでしょうか夏草を踏んでも踏んでも終らぬ一日（ひとひ）

ホースから流れる水が少しずつ細くなりゆくときのくちづけ

数字マニアの幼児の家に水こぼれ蜂のいくつか死んでいたりき

読めない文字に囲まれ眠るわたしたち夏の館に夕立が降る

あたたかき喪失のごと夕立をあつめて古き鼈があふれる

長い長いモノローグから目覚めれば青空にある青空文庫

薔薇の煮汁

新学期の最初の朝に降る雨にはにかむ頬がぬれてしまうね

お手紙をさしあげますとウェイターがふかぶかと礼　秋のはじまり

隊長は手を上げていた秋風のためのやさしき避雷針として

弟と呼ぶ人なくて秋陽さす水に足跡のこすあめんぼ

ふたりしかいない気持ちになりました水のゆくさき鳥のゆくさき

見開けばはり裂けそうな星だったキャベツ畑にキャベツは生きて

なんにんもの人を愛する来世ならいいね、ねえ、なんという青空なの！

ペン先の闇が広がりうつくしいカレーの中に煮くずれる鳩

今日はほんとうのことを話そう薔薇の煮汁で胸を汚して

神さまの水

とうすみのとぶ庭にいるわたくしにあなたは赤い質問をする

街中の風がゆるんできましたね理科の教科書大切に抱く

閉まりゆく洋品店の軒下にハトと少女がにじんでおりぬ

銀の涙を流す人形抱きかかえこのままじゃだめだけれど歩く

ドアに小さな手紙を貼って町を出た画家の残した向日葵の種

一枚の布に描かれし画(え)の中にコップは淡き水滴まとう

窓を打つ蜂をみていた背後より存じていますという声がする

水を飲み終えし体を抱きよせて扇をひらくようなくちづけ

逆上りに空をめざしてゆくようにふたりは昏き声を洩らしぬ

うすい塩味の生き物とけてゆく雪ふる夜のふたりの胸に

星にふれてきたさびしさにストローでつめたい水を無心にする

白き線踏めば悔いの多きことゆらりと満ちる　海がみえます

真南にあなたの灯す部屋がある　空に別れてゆく鳥のむれ

とてもしずかなあなたをつれて水底の藻にすむものになりたいのです

神さまの水に祈りは集まりぬ背にあたたかきひかり香らせ

シロップ

思い出のような紅い豆を煮る　まだ生まれないこころのために

甘い苦しい匂いのなかを泳ぎゆくだんだん遠い向こう岸まで

四つ足の娘の触れたふたつぶの向日葵の種てのひらにおく

うれしいよ、という顔をした子鼠のたった二年で老いてしまいぬ

うすく口ひらいたままに息とめぬ淡き縞もつ鼠の娘

あっけない、あっけないい真昼てのひらのなかのしずかな死の確かさは

このあつい三度目の夏清らかな永遠となるかすかな乳房

枇杷の木の根もとの白き貝殻を夢のしるしとして眠りおり

ややあってヒトの娘がもういい、もういい、って言った

年下のわたしたちは想起するはるかな頭骨とおりゆく水

おしみなく小さな舌が指先を舐めていたこと　お別れのように

水が生まれるまでの歳月呼びもどし細胞として抱きあえたなら

ただ一度かさね合わせた身体から青い卵がこぼれそうです

大通りに夕べの明りともり初(そ)め姉妹かさなりあって眠りぬ

縞馬の縞はてしなき風の夜の長い手紙を生きているよう

蔦からむ生あたたかいゆうぐれをゆく瑠璃立羽(ルリタテハ)あんなに高い

夏の野に夏の花咲き果たせないやさしい夢を握りかえした

あとがき

思いつめると眠ってしまう癖がある。眠ると、淡い夢をみる。うたた寝の夢の中で会った人と、一度だけ言葉を交わした人は、似ている。どちらもきちんと思い出せない。けれどもたしかに身体の奥にひそんでいる。夢は現実にまざりこみ、現実が夢を抱いたまま動き出す。

ずっとあとにおこることを夢にみることがある。あいまいで、でたらめで、ときに、とてもはっきりと、正確に。そうだった、わたしはここに来た、と思う。

＊

一九九六年の十二月に第一歌集『春原さんのリコーダー』を出版してから、ちょうど五年がたちました。たくさんのできごとが、気持ちが、小さな水泡のように現れては消えてゆきました。たくさんの歌を詠みました。あるときは、真昼、友人と。あるときは、たったひとりの夜に。遠くにいってしまう果てしないこころをよびもどすために、言葉をとどめておきたかったのです。

本阿弥書店の池永由美子さんに歌集を出そうと思います、という話をしたのが二〇〇一年の三月。それから歌の取捨選択をし、大幅な組み直しを行い、結局、半年以上も手元にとどめてしまいました。

一九九六年秋から一九九七年夏にかけて、旧かなで歌を詠んでいました。〈さやうなら〉や〈ありがたう〉の文字の持つゆったりとした時間はとても心地のよいものでした。「Ⅱ」の章にいくつかをそのままのかたちで収めました。雑誌等の企画で詠んだ歌もここに集めました。歌集の中で、歌があたらしく息づいてくれることを願いながら整理しているとき、「青卵(せいらん)」という言葉がうかびました。四九一首を収め、第二歌集としました。

まだ形をとどめていない段階から丁寧なアドバイスと貴重なアイディアを下

さった穂村弘さん、編集の池永さん、単行本刊行時の表紙絵の小林久美子さん、そして、出会うことのできたすべてのやさしい人たちに、深く感謝いたします。
これを読んで下さった方の奥にある世界に、私の短歌が触れることができれば、とても幸いです。

二〇〇一年、冬が来る前に

東　直子

解説にかえて　混沌に溶解するリアル

花山周子

東直子の第二歌集『青卵』では、歌は身体性をともないながら共有への欲求というようなものが内部へと探られてゆく印象がある。とりこぼしてしまうような予感と不安、その混沌を他者と共有すること、混ざり合っていくこと、そうした独自の主題が鮮明になり、歌は抽象度を増していくのだ。まずは冒頭の三首を見てみたい。

椅子の背のもように風がしみてゆく海をうつせばつめたきまぶた

こすれあうものみな白し谷の抱く海にしずかに足さしいれる

あなうらに海の内臓たしかめる意志あるごとき月にてらされ

一首目、「椅子の背のもよう」、は木製の椅子に彫られたものだろう。その硬い材質に「風がしみてゆく」と詠う。さらに、「海をうつせばつめたきまぶた」は、まぶたを通過して外の世界が映っているような不思議な感覚だ。二首目の歌の「こすれあうもの」は、直接には波が白くしぶく様子のようでもあるが、「ものみな白し」というとき、こすれあうことで、すべてが白くなってしまうような感覚がある。その、海のなかに足をさしいれる。そして三首目、大きな海を、まず「海の内臓」と、身体のように捉え、その内部を自身のあなうらで感じている。

いずれの歌も、映像的にはややとらえにくいのだが、身体的に伝わってくる感覚がとてもある。第一歌集『春原さんのリコーダー』では、どちらかと言えば空間的、視覚的であった東の現場性はこれらの歌では身体性へとシフトしており、その身体から感覚が生じている。そして、その身体は混沌のなかにほとんど溶解しかかっているのだ。

辻に立つ祖母がふわりとふりかえりお家がとけてゆくのよと言う
つぶしたらきゅっとないたあたりから世界は縦に流れはじめる
蛇の骨に小鳥の骨がつつまれたまま少しずつ愛されている
あつくなりましたねえと声かけて咽喉の奥から透けてゆくひと

いずれも溶解するものを詠っていて、どこか薄気味悪いような怖さがある。一首目の歌はずっと印象に残りながら、なんだか怖くて触れられずにいた歌だ。私には、原爆、を想起させられるからだと思う。二首目の「つぶしたらきゅっとないた」もの。それは、幼虫やカエルやねずみのような、小さな生き物を思わせる。そういうものはつぶされて体液を流す。「きゅっとないたあたりから」の「あたり」は時間的なものか、場所か、それとも、命がつきる瞬間の命、のあたりからか。いずれにせよ、そこからは死の余韻以上に「世界は縦に流れはじめる」のだ。三首目、私は蛇がかなり苦手なのだが、生き物を丸呑みにして溶解させてゆく蛇に、東はひとつの愛の有り様を見ていて印象に残る。命というものが持つ本能には必ず残酷さが潜む。他者と自分を共有したいという東の欲求は、つきつめれば、この残酷さのえじきになることなのかもしれない、などと考えてしまった。四首目は、「咽喉の奥から」と、実際には暗くて見えない身体の内部から透けてゆく、と詠うところに、異様なものを感じる。これらの歌ではいずれも、溶解する経過、つまり現場が描かれている。溶解するということは、その存在を一定の時間をかけて失うことに違いないのだ。

また、東は取りこぼしてしまう感覚を繰り返し詠ってきていて、

お願いねって渡されているこの鍵をわたしは失くしてしまう気がする

『春原さんのリコーダー』

隕石で手をあたためていましたがこぼれてしまうこれはなんなの

『回転ドアは、順番に』

などのように、いずれも印象深い秀歌となっているのだが、『青卵』においても、忘れがたい歌がある。

ママンあれはぼくの鳥だねママンママンぼくの落とした砂じゃないよね

鳩は首から海こぼしつつ歩みゆくみんな忘れてしまう眼をして

一首目では、「ぼく」が執拗に「ママン」に問いかけているのは、「鳥」が「ぼくの落とした砂」ではない、ということだ。けれど、このように問われたとき、その真実は「ぼくの落とした砂」となる。それは、「ぼく」に対し、とても口にすることのできない真実として浮かび上がってくるのだ。二首目では、いま生きている鳩が海という大量のものをこぼして歩いているという。このまま歩いていけば、この鳩はどうなるのだろう。「みんな忘れてしまう眼をして」はひどくリアルな鳩の眼の描写でもあり、そして、この鳩が無防備に海をこぼしていることのおそろしさを感じさせる。いずれも、鳥、というひとつの存在はその場から存在をとりこぼし、混沌のなかに埋没してしまいそうなのだ。「鍵をわたしは失くしてしまう気がする」という、個人のおびえであったものが、ここではより存在そのものの不確かさをシンボリックに表出していると言えるのではないか。この歌集には「存在」という言葉自体を使った歌も何首かあるし、次の歌では「未完の体」とはっきり言っている。

夏の川に魚を追いかけ合いながら流されそうな未完の体

でも私がここで注目したいのは、「追いかけ合い」という言い方だ。さきほどの冒頭の歌にも、「こすれあう」とあったが、この歌集には、「〜しあう」という表現や「わたしたち」というような言い方が非常に多い。魚をみんなで追いかけ合うときの、あるいは、そのような子供たちの姿を眺めるときの、そこにある原体験的なまぶしい喜びの中で兆す、「流されそう」というおびえ。そのときふと、「未完の体」という不安定な個の有り様を発見してしまう。

この歌集で東は共有することを繰り返し詠いながら、共有するからこそ兆す個の存在の曖昧さを発見してゆくのである。それは、子供が大人になってゆくときの不安定な感覚を思い出させる。

ただ一度かさね合わせた身体から青い卵がこぼれそうです

「こぼれそうです」と告げられたとき、こちらが、それを、どうにかしなければならないようなおそろしい焦りを感じさせられる。女性的なエロスを感じさせながらもこの歌の主体はまるで子供なのだ。子供が母親の前にやってきて、「おなかがいたい」と言うときのように、彼女は「こぼれそうです」と言っている。そして、東は『青卵』のあとがきの最後でこんなことを言っている。

これを読んで下さった方の奥にある世界に、私の短歌が触れることができれば、とても幸いです。

控え目な書きぶりではあるけれど、読んで下さった方の奥にある世界に触れることができれば、というのは、かなりなことを言っていると思うのだ。心に届けば、などと言うのではない。奥にある、世界に、しかも、触れたい、と言っている。ふつうであれば厚かましいとさえ思われかねない内容であると思う。それでいて、実際に東の歌は、ふだん警戒心の強い私の奥にある世界に確かに触れている。なぜか。
私は東の共有願望のあり方は、友情や恋愛で相手を求めるような類のものではないように思うのだ。それは、まだ他人と自分の区別がつかない幼児が保護者に対し、本能的に、潜在的に、且つ、絶対的に持っていた必要不可欠な欲求であり、誰もその欲求を厚かましいとは思わないのである。

それにしても、私は今回、東直子の歌を読み返しながら改めて強く意識させられたことがある。それは現代の多くの若手歌人の歌にその影響を感じとれるということである。それは直接的というよりは間接的に。意識的にというよりは無意識的に、いつの間にか浸透しているという感じの影響であるのだ。このような影響のあり方そのものが、誰かと自分を共有したい、という東直子の根源的な欲求に根ざすようにも思われるのである。意識させずに人にインプットするという点で、東直子に及ぶ歌人はいないのではないか。そして、だからまた、東直子の影響というものは、見過ごされてきたところがあるのではないか。
このことは、現代短歌を考える上で、案外重要な視点のように私は思っている
のである。

特別対談　「東ワールド」を読む

穂村弘・東直子

口語短歌隆盛の時代に

穂村　東さんは一つ下の学年になるんだけど、短歌を始めたキャリアで言うと五、六年くらい、僕のほうが早いですね。僕たちが短歌を始めた一九八〇年代は、百人一首のような和歌とか与謝野晶子や斎藤茂吉の近代短歌のようにずっと文語体で詠まれていた歌が、われわれが日常で使っている言葉、いわゆる口語体で書くスタイルへと大きく変わろうとしていた時代でした。

八六年に林あまりさんの『MARS☆ANGEL』という歌集が刊行されて、その翌年に俵万智さんの『サラダ記念日』がベストセラーになった。加藤治郎さんの『サニー・サイド・アップ』も同じ年ですね。そして、九〇年に僕の『シンジケート』が出る。そんな一連の口語短歌の流れがあって、ライトヴァースとかニューウェーブとか言われたりした。

東　みんなきらきらしていましたよね。

穂村　けれども、どこかお祭りのようだったから、こういう短歌の作り方がずっと続くかどうかはわからないという雰囲気もあった。時代の出来事としては口語短歌の盛り上がりは大きかったけれど、歌というジャンルは千年以上も続いているから、このあとどんなふうになるのか、まだわからないと思っていた。ちょうどバブルに向かっていく時代だったのと、皆が学生の頃の歌だから独身で恋をしてという明るいイメージの短歌だった。けれど、その直後にバブルがはじけたように、口語短歌のムーブメントもはじけない保証はないという不安はあったんです。でも、東直子さんが登場したことで、僕の中では、あ、口語短歌の流れは消えないんだなと思えた。東さんは学生でもなかったし、二人のお子さんのお母さんで、バブル的なムードも全くなくて、われわれとは違う口語短歌の誕生だなぁと。

東　バブル的な気分はまるでなかったですね、私の場合は。

穂村　初期の口語作品では皆がハイテンションに恋愛を詠んでいて、楽しそうな雰囲気だったけど、東さんの作品は飄々としていて、童話的だったり、どちらかというとローテンションだった。

東　そうです（笑）。ライトヴァースとか、ニューウェーブと言われた人たちの作品はすごく面白かったけど、口語で短歌を作るということにとても意識的だと感じていました。でも私の場合は、すでに口語を使って表現することの力みのようなものはなかったです。

穂村　ずっと年上の歌人から見ても、われわれの屈託のなさに何か辟易とするような感じがあっただろうし、逆にバブルなんて影もかたちもない時代に生まれ育った後年の若者たちからすると、いったい何をはしゃいでるんですかという感じに見えると思う。でも、東さんの文体には、自然な魅力と説得力があった。それが結果的には、今につながる口語短歌の源流となったのかなと。東さんが登場したことで僕は、これで口語短歌はずっといけるんだなという確信を持ったんです。

東　そんなふうに思ってもらえていたなんて、光栄です。そうですね、たしかに口語短歌の初期頃は、恋愛とか、はじけるような若さとセットになっていた気がします。

穂村　時代の空気と、作り手が若かったということが大きいよね。

東　若者は恋愛を詠う、という認識は、そのときだけの感覚ではないですよね。近代の与謝野晶子もそうだし。でも、近代短歌では、文語と結びつきながら、重々しく恋愛を詠っていた。口語短歌へのチャレンジは、昭和初期にもあったけれども広まらなかったし、ニューウェーブの短歌以前に、平井弘や村木道彦が、口語で柔らかい短歌を作ったけれどそんなに定着はしなかった。

穂村　そうですね。もちろん文体的な影響はあったと思うけれど。

東　それが、八〇年代後半に大きな波となって一般的に口語短歌が認知されるまでになって、もう完全に無視できないものとして広まった。そういう時代に、私は短歌を作り始めたので、より自由に、気負うことなく短歌を作れたことはありがたかったなという気がしています。

デビューして第二歌集が出るまで

穂村　デビュー歌集の『春原さんのリコーダー』は九六年で、その五年後に世紀をまたいで二冊目の歌集『青卵』が刊行されます。

東　最初の歌集では、一人で投稿していた時代の作品も多数入っているのだけど、『青卵』の歌は、歌人の中でもまれつつ作った作品です。

穂村　歌人の多くは若書きの恋の歌が初期の代表歌になるから、それ以降にデビューして自分の世界を作るというのは、なかなか難しいんだけど、東さんはそれができた。

東　例えば恋愛を扱うとしても、体験したエピソードをそのまま出すというより、恋愛の内的イメージとか、恋愛感情が引き起こすものや心象風景を比喩を使って表現することで自分の世界が見えてきた気はしました。冒頭の「海の椅子」という連作は、穂村さんも一緒に行った「かばん」（一九八四年創刊の歌誌）の仲間と行った合宿で作った歌です。

穂村　「かばん」のメンバーの一人の実家が徳島で、そこにみんなで遊びに行ったんだよね。宍喰海岸だったかな。

東　二泊三日して、そこで三〇首ぐらい作った中から抜き出しています。

ママンあれはぼくの鳥だねママンママンぼくの落とした砂じゃないよね

（15ページ）

これは穂村さんが「ママン」っていう題を出したんですよね。

穂村　カミュの小説『異邦人』の冒頭がすごく有名で「きょう、ママンが死んだ。」って始まる。普通は、誰が訳しても「きょう、母が死んだ」か「きょう、ママが死んだ」あたりになるところを、窪田啓作は、「きょう、ママンが死んだ」と訳した。その「ママン」という言葉が衝撃的で、われわれも母の歌はいっぱいあるけど、ママンの歌は、普通は絶対作らないから、この言葉で題詠をしてみようという話になったんだよね。僕がそのとき作ったのは、

ピストルに胸を刺されて死んだのよ、ママン、水着の回転木馬

東　やっぱり「ママ」と「ママン」じゃ違うよね。

穂村　うん。外国の匂いかな。東さんのは足の長い金髪の少年というイメージ。

東　そう、やっぱり『異邦人』のイメージが強くて。

穂村　ママだったらこういう歌にはならないと思う。東さんのは不思議な歌だよね。例えば夢の中で叫ぶ感覚とか、あるいは目が覚めたばかりでまだ現実が戻ってきてないときの感覚に近いような。「ぼくの鳥だね」「ぼくの落とした砂じゃないよね」って、心の中ではとても切実な問いかけなんだけど、現実世界とはちょっと距離があって、心の中と自分の外の世界がねじれながらつながっているような印象を持つけど、本人としてはどうなの？

東　いつも大体解説できなくて（笑）。この歌は短冊に直接書いた気がするんです。頭の中に浮かんできたものをそのまま書き写したらこうなりましたみたいな感じで、どうやって作ったかと言われてもさっぱりわからず、ただただ海岸で作ったということだけを覚えている。

「海の椅子」では、鳥や波音など、繰り返し海と砂のイメージで書いていて、おなじ章にこんなに海や砂が出たらどれか削ろうと思うんですけど、削らずにそのまま海岸のイメージでまとめたんです。「ママン」って書いた途端に、フランスの少年が美しい母親に呼びかけるイメージが浮かんで、少年の気持ちが入りこんできて書いたような気はするんです。明るくて透明な海が目の前にあって。「ママン」のイメージって、「ママン」って呼びかけた途端どこかへ消えるようなそんな感じしない？　呼びかければ呼びかけるほど遠くに行くような、ちょっとした不安感みたいなもの。鳥も砂も飛び散ってしまうというか、手に届かないものになってしまうようなイメージがあって、そういうものをつなげたような感じなんです。

穂村　同じ砂でも、

煙立つ終点の駅我がドアを砂にまみれしゆびで開きぬ　（15ページ）

これだと、海で遊んだあとに電車に乗ったとき、それが山手線とかじゃない田舎のほうの電車だってことが、手でドアを開ける、というだけでわかる。しかも、砂にまみれた指で開く。これはママンの歌に比べると、そのときのシチュエーションが再現可能な感じだよね。わからないのは煙立つくらいかな。

東　枕言葉のように置いたかも。

穂村　実際にそういう何かがあったのかな。ママンの歌とこの歌では随分文体が違うよね。ママンのほうはいわゆる話し言葉の口語体で、この歌は、我がドア、まみれし、開きぬ、だから、昔ながらの文語体で作られている。

東　デビューした頃より少し文語が入ってきている。文語の歌のかっこよさに気付いてきた頃で、口語で歌を作ることの特別感が薄い分、文語を取り入れることにも強い抵抗感はなかったんだと思います。

この歌が怖い

辻に立つ祖母がふわりとふりかえりお家がとけてゆくのよと言う（18ページ）

穂村　この歌では、現実と自分の心の中の出来事が、とても自然に東さんの歌の中で溶け合うような感じがある。家が失われるようなことはあり得ると思うけど、それがとけてゆくという言い方がすごく独特で怖い。家が壊れるとか消えるとか燃えるとか引っ越すとか、いろんな失われ方があるけど、とけるということは現実にはあまりないよね。

東　そうですね（笑）。

穂村　でも、心の中ではそういうことがあり得て、とけちゃうんだな……みたいに思わせる。これは背後のシチュエーションとか思い出せる？

東　具体的なエピソードがあるわけではなく、何となく認知症の人の感覚ってこうなのかなと想像して。自分でもこういう悪夢を見たような気がする。不安なものって壊れるというよりじわじわっと失われていく感じがあって、それがとけるという言葉を選ばせたんだと思う。

穂村　なるほど。東さんは夢の中の感覚を書けるんだよね。夢の中では無意識と表層の意識があまり区別されないけれど、目が覚めると表層の意識のフィルターが戻ってくるから、夢の中で言えたことがもう言えなくなってしまう。でも東さんはできる。夢の中の感覚がとても強いんだね。

東　確かにそうかも。

穂村　意識のフィルターで「おうちがとける」ことはないなとは考えない。普通はだいぶ手前の段階でそれはないなと判断してしまうけれど、東さんは何でもあると思ってるのかな。

東　割と自然な感じで、これは、すごく不思議な歌と思わず、むしろ当たり前の歌ぐらいに思ってました。

穂村　それはまあわかる感じもするけれど、次のこの歌が怖い。

つぶしたらきゅっとないたあたりから世界は縦に流れはじめる　（20ページ）

まずつぶしたものが何かがこの短歌では書かれないというのが怖い。なのに、きゅっとないている。そして世界がなぜ縦に流れはじめるのかわからない。涙とかつぶしちゃったものの体液とか？

東　この歌では、この本の解説の中で花山周子さんが幼虫とかカエルとかねずみのような小さな生き物かと思ったと書いているけど、そこまで具体的ではなくて、強いて言うなら、液体が皮膜で覆われてるようなもの（笑）。

穂村　芋虫とか？

東　もっと原始的なものかな。

穂村　アメーバみたいな？

東　生き物でなくてもいい気がしていて、そういうものがつぶれたら世界が一変してしまうような不安はありませんか（笑）。

穂村　でも、きゅっとなくんでしょう。

東　そう、きゅっとなくというところだけはリアル。心の中のイメージで、ものでもあるの。

穂村　それがはっきりと書かれないことによって怖いというパターンは他にもあって、これもそう。

こぼれたものは色がなかった　１９７７年５月９日　（22ページ）

「こぼれたものは色がなかった」とだけ書かれて、何がこぼれたのかはわからないのに、日付だけが妙に丁寧に書かれている。目が覚めている状態のやり取りでは日付はそこまで詳しくなくても、まず何がこぼれたのかを伝えるけど、それを書かないことですごく取り返しがつかないものがこぼれてしまった感じがする。日付がその記念日みたい。

東　何か具体的にこれというものがあるわけじゃないんです。ただ、日付はなぜか出てきて、逆算すると思春期ぐらいかなという感じ。時々私、日付入れますよね。

「…び、びわが食べたい」六月は二十二日のまちがい電話

（『春原さんのリコーダー』より）

とか。

穂村　うん。さっきの歌は、赤かったとかだと血液とかそういうイメージになるけど、でも、色はなかったんだから、そうすると涙とかよだれとか……（笑）。

東　何だかは私にもよくわからない。

穂村　でも、涙とかよだれだと色がないことは予めわかってるけど、この書き方だと初めてここで色がないことを知ったという雰囲気があって、それもちょっと怖い感じ。東さんの場合は、こういうふうにわざと書かないで、日付を書いても、思わせぶりだとかわざとらしいとあまり感じない。

東　この頃は無意識に日付にした感じかな。穂村さんも日付や具体的な数字を入れることはありますよね？

穂村　僕は東さんのような狙わない方向ではなくて、わざとらしすぎて誰も突っ込まないぐらいまでやるから（笑）。

東　穂村さんは無意識に夢を書くようなことはあまりない？

穂村　夢を核に歌を作ることはあっても、一首全体ということはあまりないかな。さっきの回転木馬の歌も、「ピストルに胸を刺されて死んだのよ」を、刺すのはナイフだろうと考えて「撃たれて」に直したりはしないし、そこはやや無意識だけど。東さんみたいに最後までそれでまとめることはできない。

東　たしかに穂村さんの作品は、シャープで覚醒していますね。

大事なものが去っていく

好きだった世界をみんな連れてゆくあなたのカヌー燃えるみずうみ

（25ページ）

穂村　これは代表作の一つだと思うんだけど、改めて歌集を読むと、わかってはいたけど、大事なものが自分から去っていくとか、置いていかれるとか、そういう歌が東さんには本当に多い。

東　そうですね、寂しければ寂しいほど詩的な興奮が起きるみたいなところがあって、去るのが好きというか、きっと去るだろうという予感に胸が満ち満ちていて、どうしてもそういうところで作っている気がします。

穂村　こういう歌は、書けそうで書けない。失恋すると、好きだった音楽が聴けなくなったり、その人と一緒に行ったお店とか楽しい思い出のある場所とかに行けなくなる、ということはみんな経験してると思う。人が去るということは、その人の好きだったものや共に過ごした時間が失われるということはわかってはいるけど、それをこんなふうに短歌にすることはできないよね。これも心の中の湖だと思うけど、「燃えるみずうみ」は夕映えのイメージかな。ちょうど去っていくとき、湖が燃えるように夕日に包まれる。どこにも悲しいとは書いてないけど、すごく強い喪失感がある。あと、カヌーだから一人で去っていくイメージ。

東　カヌーには乗ったことはないけど、なぜかカヌーなんです。若い人に限らず年配の方もこの歌はいいねと言って下さることが多くて、読む人がそれぞれ光景を思い浮かべて読んでくれてるという感触はありました。

穂村　死別ではなくて、これは生き別れるイメージだよね。

東　そうですね。生別の悲しさと死別の悲しさは違いますよね。亡くなってしまったらもうそれ以上その人の世界は進まなくて、自分の中で暖められるという感じがある。でも生きているのに別れるのは、とにかくその事実を一回忘れてなくてはいけないような。

穂村　「あなたのカヌー燃えるみずうみ」というはっきりしたイメージの組み合わせで立ち上がってくる。その背後にある世界が丸ごと去っていくんだという。うまいんだよね。

内容に対して最適な文体を選び取るセンスが東さんにはあって、話し言葉であったり、やや古風な文体であったり、すごく柔軟な感じがします。

電話口でおっ、て言って前みたいにおっ、て言って言って言ってよ

（40ページ）

これも非常に変則的で、「言って」が四回出てくるけど、奇をてらってる感じはしない。失われつつある関係性を表していて、例えば好きって言ってとか、おやすみって言ってとかではなくて、ただ、「おっ」と言うところが面白い。

さっきの好きだった世界が膨大なものであると同時に、たった一瞬の「おっ」というその人特有の言い方に、その人らしさやその人の世界のすべてが入っている。だからすごく悲しいんだよね。

東　電話すると、「おっ」て言う癖がある人だったのに、と。

穂村　仮にまた電話することがあっても、どこか他人行儀な感じになってしまって、その「おっ」はない。

東　これだけでよくそれがわかりますね。

穂村　それはわかるよ。東さんは、この歌は読み手にわかるのかな、みたいな恐れをあまり感じないで短歌を書いてるよね。

東　割とそうですね。

穂村　説明しようという要素はあまりない。いきなり投げてくる感じがする。

東　説明すると台無しになると思っているから。

穂村　細かいねじれや飛躍や矛盾があっても、それが生々しく何かを伝えることになっている。

砂糖水煮詰めて想う生まれた日しずかにしずかに風が吹いてた （59ページ）

これも子どもとか弟や妹が生まれた日と解せなくもないけど、何となく自分が生まれた日という感じがしてしまう。

東 一応、自分が生まれた日のこととして作りました。

穂村 だとすると、当然、リアルな記憶として覚えているわけはないから、現実ではないんだろうけど。自分が生まれた日のことを思い出すという不思議なことがこの歌の中では納得させられる。多分それはさっきのカヌーに説得力と魅力があったように、「砂糖水煮詰めて想う」という言葉の選び方だよね。メレンゲを泡立てるとか、ゴーヤを切ってるとか、無数にある中で、何かこれだなという感じがある。

東　砂糖水を煮詰めたことある？　砂糖水はそのまま煮詰めていくとだんだん泡が立ってくるのね、ぱちぱちと。そのまま静かに煮詰めていくと、べっこう飴みたいに薄茶色になって、もっと煮詰めるとカラメルになるんだけど、そのべっこう飴になる前に攪拌すると真っ白になる。透明だった砂糖水が熱を加えることによっていろんな形に変化していくのが面白くて、その変化が何か生まれてくる感じに見える。

穂村　「しずかにしずかに風が吹いてた」というのも何ともいいがたい魅力があるよね。現実の風とちょっと違う風。

東　生まれる前の世界ということですね。言葉を繰り返すときは直感なんです。ここでは繰り返そうと意識的に作ると多分あざとくなるので。

穂村　なるほど。

東　穂村さんはあまり繰り返ししないですね。オノマトペもあまり使わない？

穂村　僕がやるとわざとらしくなるからね。全くリアルじゃないというか。東さんはこういう感じはあるよね、と思わせるところがすごい。

こういうのはあるよね、と思わせる

線路残る夜の道路を超えてゆく背中にウサギミミをたらして　（61ページ）

これもウサギミミって何？　と思うけど、こういうのはあるよねという感じだけがする。ウサギミミって何？　人間にはないでしょ、ウサギミミは。

東　ウサギミミのフードみたいな。子どものフードとか冬の帽子みたいなイメージがあって、春先のちょっと冷たい空気の中に子どもの感覚が少し残っている。

穂村　「線路残る夜の道路」というのは、そういう場所、確かにあると思うけど。

東　子どものときの記憶かな。広島は路面電車で、夜の道路に線路が光っていて。

穂村　背中のウサギミミはフードなの？

東　フードみたいなイメージだけど、それを身に付けると本当のウサギのような気分になるという。ウサギミミを垂らしている人は何かウサギ的な力を持っているようなイメージ。

穂村　ウサギ的な力？

東　ウサギにはウサギの力というものがあって、異世界の力、人間にはない力があるんじゃないかという。ウサギははねたりもぐったり力強いじゃないですか。

穂村　東さんの中では何の疑いもない……。いや、わかるけれども。言葉の選び方と文体が他の人とは違うんだよね。

ときにあなた、砂とは美しいものね　さくりさくりと沈んでゆきぬ

（63ページ）

「ときにあなた」と急に呼びかけてくる。「さくりさくりと沈んでいきぬ」というのはごく普通の現象ともいえるから砂の美しさの十分な説明になっているとはいえない。でもそれを「ときにあなた」ということで、短歌として成立させている。

東　キャラクターとして突然思いついた、誰かなんです。ある程度の年齢以上の感じがする。

穂村　おばあさんに近いぐらいの人が言ってる感じ？

東　そうですね。でも、砂の上も平気で歩いちゃう元気さがあって。

穂村　ママンのときは幼い男の子主体で、これはおばあさんみたいな感じ。

東　そういう人に話しかけられてる感じかな。

穂村　東さんの立ち位置はどこなの？

東　一緒に砂の上にいて、一緒に砂に沈んでいく感じ。

穂村　「ときにあなた」って言ってる側でもなくて、言われてる側でもないの？

東　言ってる側でもあるというか、その辺は一体化している感じ。短歌の主体って普通、私そのものという感じだけど、私が言ってはいるけど、見ているようでもある。穂村さんは短歌の主人公ってカメラ一つで自分が見ている感じ？

穂村　そんなことはないかな。

東　歌の中に人がいて、それを客観的に描写する場合もあるし、自分が主人公のこともあるし、意外と視点はゆれることもありますよね。一人称だったり三人称的だったりする。完全に一人称文体でしか書かない歌人もいるけど、割と「かばん」の人たちは三人称的だよね。

穂村　短い物語みたいな感じというふうにくくると、東さんにも僕にも当てはまるところはある。東さんは初期から童話的といわれていて、世界が幼いという批評もあったと思うんだけど、僕はそうは思ったことがなくて、東さんの世界は成熟しているという印象を持っている。短歌の従来の文体が念頭にある人が、たぶん、文語ではないとか、話し口調だとか、童話的だとか、そういうものを幼いと言い換えてると思うんだけど、「さくりさくりと沈んでいきぬ」とか、「しずかにしずかに風が吹いてた」とか描かれてる世界そのものには死を思わせるような落ち着きがある。焦りはないけど、あきらめみたいなものが時々出てくる。

東　そうですね。焦ってもしょうがないみたいなところから出発しているかも。諦念が母体にあって、一旦自我を消してあきらめたところから起き上がって、もう一度自我を芽生えさせるということかな。

鳩は首から海こぼしつつ歩みゆくみんな忘れてしまう眼をして　（74ページ）

穂村　これも東さんしか作れない歌だよね。「鳩は首から海こぼしつつ」にまず驚く。そして「みんな忘れてしまう眼をして」は言われればなるほどと思う。動物の意識のレベルを鳥や魚は眼から何となく感じるよね。カラスとか、ほかの鳥とは眼が違う。

東　カラスはすごく知的で狡猾な眼をしてる。鳩は鳥の中でも一番何を考えているのかわからない。

穂村　それを「みんな忘れてしまう眼をして」というのもなるほどと思う。あと鳩の首のところが緑っぽく光ってるのがきらいという人がいるけれど、それを「首から海こぼしつつ」と表現するのは思いつかない。それも、水ではなく海。海をこぼすってすごい。何で？　光ってるから？

東　光って消えて光って消えて。鳩は残酷な感じもするし、心が全くないような感じもする。だけど人間のすぐそばで、人間を気にもせず歩いていて、しかもたくさんいるでしょう？　あのちょっと不気味な得体の知れなさが海をこぼすイメージを連れてきたんです。

直感的な定型感覚

穂村　この歌は内容的には東さんの得意なタイプの歌。

とりもどすことのできない風船をああ遠いねえと最後まで見た　（74ページ）

手の届かないところにいってしまう系の歌だけど、これは東さんの直感的な定型感覚だよね。意味は読んだだけでわかるけど、「とりもどすことのできない」とわざわざ書く感じとか、あと、音数を厳密に合わせると、「ああ遠いねと最後まで見た」で、「え」は入らないけど、そこを字余りにして、「ああ遠いねえ」とすることでより取り戻せない感じが出ていると思う。

東　話しかけている感じだからどうしてもここは「え」が必要だと思って。「遠いね」というと内面のつぶやきのようになるけど、「ねえ」というと相手が急に現れる。確認し合っているという場面になる。

穂村　当然のように風船を放してしまってるんだよね。もちろん風船は手から離れるだろうみたいな感じがどこかにあって、諦念というか。遠いねえと言ってる場合じゃないだろう、おまえが手を放したからだぞという話にはならなくて、風船はずっとは持っていられないよね、みたいな感じが東さんの世界にはある。

東　しょうがないね、といつも思ってしまう。

穂村　カヌーで去った人も、「おっ」て言ってた人も、みんなみんな、ああ遠いねえと。それでも一応目で追えるところまでは追って、そこからはもう視界から消えたらなくなっちゃいましたみたいな。そんな東さんワールド。

東　（笑）。

暑かったので………。いいだこの複雑さなど眺めてしまう　（150ページ）

穂村　このリズム、破調とこの「………。」が面白い。普通の作り方をすると、例えば「暑かったので食卓のいいだこの複雑さなど眺めてしまう」とかね。そうすると普通に定型になるんだけど、「………。」にすることによって暑くて、思考がぼんやりしちゃった感じが出る。そういうところも直感なんだろうけどとても精密です。文体の選択の中で字余りや字足らずの破調を上手く使っている。

東　ものすごく暑いときって、みんな押し黙って圧倒的な静寂につつまれてたりしますよね。それを表現するのは「………。」だ、と。時間感覚もわからなくなるので。

とうに答はミシンカタカタほのあかく見えているけどミシンカタカタ
（87ページ）

穂村　これも面白い文体ですね。ミシンをかけながらこんなことを考えているということだと思うけど、「とうに答はほのあかく見えている」という説明ではなく、「ミシンカタカタ」というこの言葉を挟むことで韻文になっている。

東　何か決めなきゃいけないときって、別のことをしながら常に考えてる、そういう感じです。

秋の陽に先生のはげやさしくて楽譜にト音記号を入れる
（79ページ）

穂村　「秋の陽に先生のはげやさしくて」には、東さんのはげ観がよく出てている。弱いもの、寂しいもの、滅びそうなものに対するシンパシーがあって、

「はげやさしくて」って面白い。いわれると確かにそういうちょっと優しそうなはげはあるなと思える。

東　少し弱ってる感じがして優しいというか、いいはげです（笑）。

穂村　「はげやさしくて」という表現にひらがなも合ってる。

さようなら窓さようならポチ買い物にゆけてたのしかったことなど

（80ページ）

穂村　これもいい。「さようなら窓」何だろう、引っ越して家から去るようなイメージなのかな。「買い物にゆけてたのしかった」というところも泣かせるよね。伊勢丹とかではなくて地元商店街にお豆腐とかを買いに行くようなイメージで、どこにもそうは書いてないけど、ささやかなものが楽しいみたいな感じだと思う。この文体もユニーク。

東　これは、明確なシチュエーションを想起しながら書いた短歌で、のちにこの歌をモチーフに連作短編集（『さようなら窓』）を書きました。

夢の感覚をそのまま書く

鈴の音をしんと吸い込む鏡あり友人というあいまいな愛　（89ページ）

穂村　「友人というあいまいな愛」というものはみんなにあると思うけど、それを「鈴の音をしんと吸い込む鏡あり」と表現するところだね。鏡は視覚的なものだから、音を吸い込むという聴覚的な発想はなかなか出てこない。それと「友人というあいまいな愛」がどうつながるのか、散文的にはうまく説明ができないけれども、いい歌だと感じる。

東　友人と静かに何かに包まれるというような景色は好きで、この連作は友達がテーマでもある。この歌集では必ずしも作った時期が同じではないんです。最初「かばん」や「未来」（一九五一年創刊の短歌結社誌）に載せた連作の中から残したいと思った歌だけを選んだので、最初の連作のかたちは失っています。人と人が仲よくなったり、また離れたりするような、人間関係をテーマに集めたのかなと思う。友人なのか恋愛感情なのか、その辺が溶け合っている感じです。視覚的なものと聴覚的なものが混合してるという点では、「ミシンカタカタ」は音だけど、イメージとしては赤い夕日が差してくる。赤いイメージとカタカタの音とは連動しています。比べると穂村さんの歌では、視覚は視覚、聴覚は聴覚とはっきりしていて、混じらないですね。私の場合は、さっき言われた「夢の感覚」をそのまま書いてるみたいなところと同じような感覚かもしれないです。

穂村　『春原さんのリコーダー』のときのほうがぎこちなく慎重に作っていて、『青卵』はもうこの作風でいけるという感じが出ている。

東　そうですね、表現することがすごく面白くなって、大胆な飛躍を怖れなくなってきたのだと思います。

穂村　言葉から言葉が生まれるみたいな感覚って、東さんだけじゃなくてみんな作っているうちに強まっていくもので、必ずしもいいことだと思わない。だけど、その流れを止めることは難しくて、最初はみんな恐る恐る現実から言葉を汲み上げてくる度合いが強いけど、作り続けていくうちに言葉から言葉が出てくるようになるんだよね。

東　そうね。最初は自分の心理を何とか表現しようとするけど、だんだんに、ちょっと自分の心理から離れたところで、言葉が呼んでくる言葉で短歌を作るようになるよね。それは穂村さんはいいことじゃないと思ってるんですか？

穂村　そういうタイプの名歌もたくさんあるけどね。

東　言葉で作る場合は、頭の中だけで作っていて実感がないという批評を受けることはありますね。

穂村　言葉が連れてきた言葉というのはわかってしまうからね。

東　そういうのもあるかなと思いつつ、だんだんその面白さというか、そうでしか作れない部分も出てきてしまう。

１９６６年うす紅きすももをふたつ窓に飾りぬ　（156ページ）

穂村　うっすらだけど、「９６６」と「すもも」と現実の果実のフォルムが重なっているような。少なくとも奇数の感じではないかな。

東　そうですね、数字が丸いから。今言われて気付きました。

打ち上げられたくじらのように横たわり〈つめ、つめ、つめを、つめを洗って〉　（139ページ）

穂村　夢っぽいといえばこの歌。くじらにつめってあるの？

東　くじらにはつめはないんじゃない？　「くじらのように」であって、くじらではないです。

穂村　うーん。何か不思議な感じがする。何で手ではなくてつめを洗ってなのか……。

東　つめの汚れみたいなのも怖いんだよね。どこか恐ろしい場所から帰ってきて、被害者がつめに犯人の皮膚を残すとかあるでしょう。

穂村　自分じゃ洗えないのか。

東　そうみたい（笑）。

穂村　最後に括弧に入れたら〈つめ、つめ、つめを、つめを洗って〉はくじらの内面の言葉みたいに読めるんだけど。めちゃくちゃなのに何故か、何かが、わかってしまう。

文語のかっこよさ

腹太き雌きりぎりす夏の夜のらんたんふふん、と嗅いでいたりき（151ページ）

穂村　らんたんは明かりのランタンだよね。普通はカタカナで書くと思うけど、こういう風にひらがなで書かれると、「らんたんふふん」全体が何かオノマトペ的なものにも見えてくる。耳で聞いたときの印象では、現実と夢が溶け合うように意味と音が溶け合っている。それを意識しているから「らんたんふふん」を全部ひらがなで東さんは書いたんだと思うんだよね。

東　この辺りの歌は、まだ自分の子どもが小学生ぐらいのときに作っているから、私の子どものときの記憶と現在の出来事とが混じり合っているようなかたちで、鼻歌を歌うような感じで「らんたんふふん」と書いている。

穂村　僕が書いたらもう少しアニメ的になると思うけど、東さんは「腹太き」

と書くから、童話的や民話的な感じにはなっても、アニメみたいにつるんとした質感にはならない。

東　水彩画とか鉛筆画っぽい、そういう手ざわり感覚かな。

穂村　言葉の感触がもうちょっと柔らかいんだよね。

東　こうして見ると、案外文語を使ってるね。

穂村　この頃は今よりも文語が強いみたいね。

東　春原さんの頃は、口語短歌を熱心に読んでいて、それが自然なことだと思っていたけど、だんだん前衛短歌や近代短歌の斎藤茂吉の作品なども面白いと思ってきた頃だったから、やっぱりその影響がありますね。逆に言えば文語も使っていいんだと思い始めたというか。文語文体のよさもあるなというふうに感じて、文語、口語ということにこだわらなくてもいいかなと思ったんです。

穂村　旧かなも使っていますよね。

東　実験的に、旧かなで作っていた時期があるんです。旧かな独特の面白さはあって、旧かなで作るときは、新かなと違いが出る言葉を選んだり。例えば「しやがんでゐたの」とか、「間違ひ」とか、旧かなになると変化する文字を意識して入れるようにしました。そうするとひらがなを多く使うことになるので、妙にゆっくりした感じの独特のリズム感が出て面白かったです。

穂村 東さんの世界はもともとノスタルジックなところがかなりあるし違和感ないよね。

東 そうですね、懐かしいものは気持ちがいいですね。ちょっと昔の懐かしい絵を模写するような感じで書いていて、でも歌集にするとき迷ったんです。全体を新かなに統一して直そうかなと思ったんだけど、「雨が降りさうでねとても降りさうであたしぼんやりしやがんでゐたの」（108ページ）を「雨が降りそうでねとても降りそうであたしぼんやりしゃがんでいたの」と新かなで書くと、違う歌になるなという気がして。

永遠に忘れてしまう一日にレモン石鹸泡立てている　（178ページ）

穂村　鳩が「みんな忘れてしまう眼をして」とあったけど、実際にはわれわれも鳩と大して変わらなくて、ほとんどの一日を忘れてしまうんだよね。レモン石鹸は僕らの世代だと学校の蛇口の横に下がっていた。

東　ミカンの網に入ってつるしてあって。おばあちゃんの家でもそんな感じでずっとつるしてあって、懐かしい場所と結びついている。その当時からレモン石鹸はいつまで存在するだろうかという気持ちがあって、忘れるということとが結びつきました。

穂村　「永遠に忘れてしまう」という言い方もありそうでない表現というか。もう思い出すことはないというのが前提みたいだよね。その人の中の記憶は死んでしまったらそうなるし。

東　そうですね。

穂村　その悲しみと美しさみたいなものを感じる。

東　レモン石鹸が存在することと消えることということが同列にある。

散蓮華会えない人も会う人もこころのような粥を掬いぬ　（166ページ）

穂村　「こころのような粥」というのも面白い言い方だよね。散蓮華という言葉そのものもちょっと不思議。

東　病院の食堂でお粥を食べているイメージなんです。「散る華」だから、もう死んでしまった人も想起する。散蓮華という言葉の中に含まれたものをしみじみ考えて作ったんです。

穂村　それぞれの人が運命をそれなりに肯定していく感じがする。

物語的な感じ

アナ・タガ・スキ・ダ　アナ・タガ・スキ・ダ　ムネ・サケ・ル　夏のロビンソン
（35ページ）

東　「夏のロビンソン」の歌は、短歌なの？　といわれるんです。どこで切れるのかもよくわからないし。だけど、私はこのかたちで一気に作った歌で、なぜかこれでいいんだと思ったんです。ロボットが壊れる寸前に愛を告げて死ぬイメージなんです。

穂村　それはよくわかるよね。『2001年宇宙の旅』は逆バージョンだけど、人間を殺そうとしたコンピュータが最後に、こんなふうに壊れながら歌を歌って死んでいくという。そのとき、正常に動いてたときよりもコンピュータが人間っぽくなるみたいだった。

東　機械とかロボットとか好きなんだよね。でも、人間も、ハード面とソフト面を持った機械ともいえるわけですよね。そういう意味で人間に近い何かの存在って興味深いです。でも、この歌の入っている連作の他の歌は、病気とか怪我といった、人間のハード面の体が壊れるということを詠んでいて、機械が壊れるということと響き合わせたんです。

ホッチキスで止めた傷口まもりつつ今年の夏の忙しいこと　（34ページ）

東　これは家族が自転車で転んで七針ぐらいホッチキスで縫った事故があって、その時の歌だし、

怒りつつ洗うお茶わんことごとく割れてさびしい　ごめんさびしい　（34ページ）

という、現実の生活の一部分みたいなものも作っていた時期。

穂村　「夏のロビンソン」も舞台の中のセリフのようにも見えるし、物語の雰囲気も漂っている。

東　ロビンソンの歌は、実際にミュージカルの舞台になって、そのままセリフになっています。この頃はまだ小説を書いてはいなかったけど、物語を書きたいという願望はずっとありました。だから現実をべったり書くのもそんなに好きではないし、完全なフィクションでもない。フィクションにやはり現実の何かを結びつけるという、そのあわいで作っていたいという意識がありました。『青卵』のときは穂村さんはじめ、いろんな人と作っていたので、この人はどういうふうに読んでくれるかを具体的に考えつつ作っていたかな。人から何か題をもらったら、自分に言葉を引きつけてそこから今まで思いつかなかった言葉を引き出せたら楽しい。「ママン」も完全にそう。いろんなイメージや刺激を人から受けながら物語の主人公を想定して、その感情で作るけれども、言葉を紡ぎ出したのは自分なので、完全には自分から離れきれない。それが短歌だなと思います。

ふたりしてひかりのように泣きました　あのやわらかい草の上では

（98ページ）

これは八木重吉の「わたしの　まちがひだつた／わたしのまちがひだつた／こうして　草にすわれば　それがわかる」という三行の詩に衝撃を受けて作った歌です。すごくシンプルな詩なのに力強くて。

穂村　『青卵』にはあんまり夫や子ども、出てこないですね。

東　さっきの「夏のロビンソン」では自分的にはかなり出しているつもりでした。ただ、現実の自分の子どものエピソードというよりも、もっと抽象化された存在として書きたかったんだよね。子どもを書いても自分の子どもの時代と混ぜて書いていたりする。

穂村 他にも前の歌集との違いはある？

東 読み直してみると、文体が少し変わってます。『春原さんのリコーダー』の童話っぽさみたいなものがだんだん消えて、『青卵』のほうがちょっと怖い感じになっていて、文語が増えて、ですます調も減っています。

穂村 意識的なひらがなは『青卵』のほうが多いよね。さっきの「ふたりしてひかりのように泣きました」もそうだけど、明らかに意識してひらがなで書いている。

東 そうかもしれない。

穂村 ほとんど漢字がないという歌はたぶん『青卵』のほうが多い。

東 技術としてひらがなを使うみたいなところを学習したんだと思う。いずれにしても、短歌を作ることそのものの喜びがあふれていた初期の頃からだんだんと変わってきて、短歌を作るということはどういうことなのか、短歌で何が表現できるのか、ひいては詩とは何か、ということを常に模索していたような気がします。どうやって作ったのかわからない、と、なんども言ってしまったことと矛盾するようですが、無意識と意識の間をさまよっていたことは間違いないかと思います。

文庫版あとがき

『青卵』は、二〇〇一年一二月に、第二歌集として出版しました。第七回歌壇賞を受賞したその年に出版した『春原さんのリコーダー』（本阿弥書店）の五年後です。文庫化にあたり読み直すと、短歌という詩型を自分なりに深く咀嚼し、向き合おうとしていたことを思い出しました。

小説を書き始めたのは二〇〇四年ごろからなので、この歌集製作時は短歌の創作に集中していました。しかし同時に、物語の種となるような発想もあたためていた時期でもあったかと思います。

その後二〇一〇年一二月に、日記形式の歌集『十階』（ふらんす堂）を出版しましたが、通常の形の歌集は、今のところ『青卵』が最後となっています。手に入り辛い状態が続いていましたが、今回『春原さんのリコーダー』に続き、ちくま文庫として出版することになり、花山周子さんによる現代短歌評論としての解説と、穂村弘さんとの対談を新たに掲載することができました。私の作品について、これほどじっくり論じていただいたり、語り合う場はめずらしく、たいへん貴重な機会をいただいたと思っています。

元の歌集は、第一歌集と同じく自装したのですが、文庫版の『春原さんのリコーダー』に続き、名久井直子さんに装丁していただきました。装画は原裕菜さんの描き下ろしです。又、編集の鶴見智佳子さんにも引き続きたいへんお世話になりました。

信じられないくらい光栄な形ですてきな一冊に生まれ変わることになり、とても嬉しいです。本当にありがとうございます。

五七五七七という短歌の形で表現する言葉の世界を読んで下さった皆様それぞれに楽しんでいただければ、幸いです。

二〇一九年九月二〇日

東　直子

本書は二〇〇一年一二月、本阿弥書店より刊行された。

春原さんのリコーダー　東直子

じわっとした味わいとおかしみが、若者にも人気の歌人・東直子のデビュー歌集。刊行時の栞文や、花山周子による東直子論、川上弘美との対談も収録。

とりつくしま　東直子

死んだ人に「とりつくしま係」が言う。モノになってこの世に戻れますよ。妻は夫のカップに弟子は先生の扇子になった。連作短篇集。（大竹昭子）

キオスクのキリオ　東直子

「人生のコツは深刻になりすぎへんこと」。キオスクで働くおっちゃんキリオに、なぜか問題をかかえた人々が訪れてくる。連作短篇。イラスト・森下裕美

回転ドアは、順番に　穂村弘　東直子

ある春の日に出会い、そして別れるまで。気鋭の歌人ふたりが、見つめ合い呼吸をはかりつつ投げ合う、スリリングな恋愛問答歌。（金原瑞人）

絶叫委員会　穂村弘

町には、偶然生まれては消えてゆく無数の詩が溢れている。不合理でナンセンスで真剣だからこそ可笑しい、天使的な言葉たちへの考察。（南伸坊）

えーえんとくちから　笹井宏之

風のように光のようにやさしく強く二十六年の生涯を駆け抜けた夭折の歌人・笹井宏之。そのベスト歌集が没後10年を機に待望の文庫化！（穂村弘）

かんたん短歌の作り方　枡野浩一

自分の考えをいつもの言葉遣いで分かりやすく表現する――それがかんたん短歌。でも簡単じゃない！（佐々木あらら）

詩ってなんだろう　谷川俊太郎

谷川さんはどう考えているのだろう。その道筋にそって詩を集め、選び、配列し、詩とは何かを考えるおもとを示しました。（華恵）

ナンセンス・カタログ　谷川俊太郎　和田誠画

詩につながる日常にひそむ微妙な感覚。谷川俊太郎のエッセイと和田誠のナンセンスなイラストで描いた150篇のショートストーリー。

山頭火句集　種田山頭火　村上護編　小﨑侃・画

自選句集「草木塔」を中心に、その境涯を象徴する随筆も精選収録し、〝行乞流転〟の俳人の全容を伝える一巻選集！（村上護）

京都、オトナの修学旅行 赤瀬川原平 山下裕二

子ども時代の修学旅行では京都の面白さは分からない！ 襖絵も仏像もお寺の造作もオトナだからこそ味わえるのだ。（みうらじゅん）

買えない味 平松洋子

一晩寝かしたお芋の煮っころがし、土瓶で淹れた番茶、風にあてた干し豚の滋味……日常の中にこそある、おいしさを綴ったエッセイ集。（中島京子）

買えない味2 はっとする味 平松洋子

刻みパセリをたっぷり入れたオムレツの味わいの豊かさ、ペンチで砕いた胡椒の華麗な破壊力……身近なものたちの隠された味を発見！（室井滋）

買えない味3 おいしさのタネ 平松洋子

料理の待ち時間も、路地裏で迷いに迷ってお店を見つける時間も……全部味のうち。味にまつわる風景を綴ったエッセイ48篇。カラー写真も多数収録。

泥酔懺悔 朝倉かすみ、中島たい子、瀧波ユカリ、平松洋子、室井滋、中野翠、西加奈子、山崎ナオコーラ、三浦しをん、大道珠貴、角田光代、藤野可織

泥酔せずともお酒を飲めば酔っ払う。お酒の席は飲める人には楽しく、下戸には不可解。お酒を介した様々な光景を女性の書き手が綴ったエッセイ集。

少しだけ、おともだち 朝倉かすみ

ご近所さん、同級生、バイト仲間や同僚――仲良しとは違う微妙な距離感を描いた短篇集。書き下ろし二篇を含む十作品。（まさきとしか）

こちらあみ子 今村夏子

あみ子の純粋な行動が周囲の人々を否応なく変えていく。第26回太宰治賞、第24回三島由紀夫賞受賞作。書き下ろし「チズさん」収録。（町田康／穂村弘）

星か獣になる季節 最果タヒ

推しの地下アイドルが殺人容疑で逮捕!? 僕は同級生のイケメン森下と真相を探るが――。歪んだピュアネスが傷だらけで疾走する新世代の青春小説！

図書館の神様 瀬尾まいこ

赴任した高校で思いがけず文芸部顧問になってしまった清（きよ）。そこでの出会いが、その後の人生を変えてゆく。鮮やかな青春小説。（山本幸久）

僕の明日を照らして 瀬尾まいこ

中2の隼太に新しい父が出来た。優しい父はしかしDVする父でもあった。この家族を失いたくない！隼太の闘いと成長の日々を描く。（岩宮恵子）

虹色と幸運 柴崎友香

珠子、かおり、夏美。三〇代になった三人が、人に会い、おしゃべりし、いろいろ思う一年間。移りゆく季節の中で、日常の細部が輝く傑作。（江南亜美子）

冠・婚・葬・祭 中島京子

人生の節目に、起こったこと、出会ったひと、考えたこと。冠婚葬祭を切り口に、鮮やかな人生模様が描かれる。第143回直木賞作家の代表作。（瀧井朝世）

パスティス 中島京子

漱石も太宰もケストナーもベケットも鮮やかに変身！ 珠玉のパスティーシュ小説集が「あとがき」という名の新作を加え待望の文庫化。（清水義範）

ピスタチオ 梨木香歩

棚（たな）がアフリカを訪れたのは本当に偶然だったのか。不思議な出来事の連鎖から、水と生命の壮大な物語「ピスタチオ」が生まれる。（管啓次郎）

通天閣 西加奈子

このしょーもない世の中に、救いようのない人生に、ちょっぴり暖かい灯を点す驚きと感動の物語。第24回織田作之助賞大賞受賞作。（津村記久子）

星間商事株式会社社史編纂室 三浦しをん

二九歳「腐女子」川田幸代、社史編纂室所属。恋の行方も友情の行方も五里霧中。仲間と共に「同人誌」を武器に社の秘められた過去に挑む!?（金田淳子）

つむじ風食堂の夜 吉田篤弘

それは、笑いのこぼれる夜。――食堂は、十字路の角にぽつんとひとつ灯をともしていた。クラフト・エヴィング商會の物語作家による長篇小説。

という、はなし 吉田篤弘文 フジモトマサル絵

読書をめぐる24の小さな絵物語集。夜行列車で、灯台で、風呂で、車で、ベッドで、本を開く。開いた人と開いた本のひとつひとつに物語がある。

ビーの話 群ようこ

わがまま、マイペースの客人に振り回され、〝いい大人が猫一匹に〟と嘆きつつ深みにはまる三人の女たち。猫好き必読！ 鼎談＝もたい・安藤・群。

小路幸也少年少女小説集 小路幸也

「東京バンドワゴン」で人気の著者による子供たちを主人公にした作品集。多感な少年期の姿を描き出す。単行本未収録作を多数収録。文庫オリジナル。

話虫干　小路幸也

夏目漱石「こころ」の内容が書き変えられた！ それは話虫の仕業。新人図書館員が話の世界に入り込み、「こころ」をもとの世界に戻そうとするが……。

ことばの食卓　武田百合子　野中ユリ・画

なにげない日常の光景やキャラメル、枇杷など、食べものに関する昔の記憶と思い出を感性豊かな文章で綴ったエッセイ集。（種村季弘）

遊覧日記　武田百合子　武田花・写真

行きたい所へ行きたい時に、つれづれに出かけてゆく。一人で。または二人で。あちらこちらを遊覧しながら綴ったエッセイ集。（巖谷國士）

性分でんねん　田辺聖子

あわれにもおかしい人生のさまざま、また書物の愉しみのあれこれ。硬軟自在の名手、お聖さんの切口がますます冴えるエッセー。（氷室冴子）

恋する伊勢物語　俵万智

恋愛のパターンは今も昔も変わらない。恋がいっぱいの歌物語の世界に案内する、ロマンチックでユーモラスな古典エッセイ。（武藤康史）

セ・シ・ボン　平安寿子

生き迷っていたタイコが留学先のパリで出会った風変わりな人たちとおかしな出来事。笑えて呆れる若き日の「そりゃもう、素敵」な留学エッセイ。

魔利のひとりごと　森茉莉・文　佐野洋子・画

茉莉の作品に触発されエッチングに取り組んだ佐野洋子、豪華な紙上コラボ全開。全集未収録作品の文庫化、カラー図版多数。（小島千加子）

神も仏もありませぬ　佐野洋子

還暦……もう人生おりたかった。でも春のきざしの蕗の薹に感動する自分がいる。意味なく生きても人は幸せなのだ。第3回小林秀雄賞受賞。（長嶋康郎）

食べちゃいたい　佐野洋子

じゃがいもはセクシー、ブロッコリーは色っぽい、玉ねぎはコケティッシュ……。なめて、かじって、のみこんで。野菜主演のエロチック・コント集。

問題があります　佐野洋子

中国で迎えた終戦の記憶から極貧の美大生時代、読まずにいられない本の話など。単行本未収録作品を追加した、愛と笑いのエッセイ集。（長嶋有）

ちくま文庫

青卵（せいらん）

二〇一九年十一月十日　第一刷発行

著者　東直子（ひがし・なおこ）

発行者　喜入冬子

発行所　株式会社　筑摩書房
東京都台東区蔵前二―五―三　〒一一一―八七五五
電話番号　〇三―五六八七―二六〇一（代表）

装幀者　安野光雅

印刷所　星野精版印刷株式会社

製本所　株式会社積信堂

ISBN978-4-480-43625-2 C0192